洛神吟

徐履满 著

北京燕山出版社

图书在版编目（CIP）数据

洛神吟 / 徐履满著 . —北京：北京燕山出版社，2018.8
 ISBN 978-7-5402-5233-5

Ⅰ．①洛… Ⅱ．①徐… Ⅲ．①叙事诗—诗集—中国—当代 Ⅳ．① I227

中国版本图书馆 CIP 数据核字 (2018) 第 192777 号

洛神吟
LUO SHEN YIN

| 作　　者：徐履满 |
| 责任编辑：朱　菁　姜栋栋 |
| 责任校对：甄　飞 |
| 封面设计：中诗协 |
| 社　　址：北京市丰台区东铁营苇子坑路 138 号（100079） |
| 网　　站：http://www.bjyspress.com/ |
| 微　　博：http://e.weibo.com/u/2526206071 |
| 电　　话：010-65240430 |
| 传　　真：010-63587071 |
| 印　　刷：廊坊市博林印务有限公司 |
| 开　　本：700mm×1000mm　1/32 |
| 字　　数：175 千字 |
| 印　　张：7 |
| 版　　次：2018 年 8 月第 1 版 |
| 印　　次：2019 年 1 月第 1 次印刷 |
| 定　　价：35.00 元 |
| 出版发行：北京燕山出版社 |

版权所有　翻版必究

名家推荐

拜读《洛神吟》，才气、灵气、大气，令人惊叹，直让人觉得文姬再世，易安重生！熔裁众体，妙合古今，诚罕见之佳作。

王兆鹏

二零一八年三月九日

王兆鹏：中南民族大学教授、博士生导师，中国词学研究会会长，中国李清照辛弃疾学会会长，中国韵文学会副会长，中国宋代文学学会常务副会长，湖北省古代文学学会会长，《宋代文学研究年鉴》主编。

序一

洛神何在?

在曹植的《洛神赋》里,在神州大地上漫游,她穿越古今时空,从美好的心灵深处,发出曼妙的波声。

水是生命之源,有水才有生命。水滋润万方,养育美幻。《诗经·蒹葭》中的伊人就"在水一方",你若追寻之,欲求之,她"宛在水中央",可望而难即。伊人是美女,称多了就俗。洛神是宓妃掉进水里淹死而后的化身,成了神女,日日夜夜游于洛河之上。人们不忍心让她死,她是伏羲的女儿,大家既然崇拜伏羲,自然也就爱护他的女儿了,而且把观念中的一切美好都赋予这位善良的女儿,甚至连叫俗了的美女这个称呼也不愿再加在她的身上,而称作"惊鸿"。曹植用"翩若惊鸿"形容她的举止,赢得公众的认可。七步成诗的曹植真是一位才子!数千年

后《洛神赋》依然为世人称颂。且看，今人徐君不是在大发感叹吗？洋洋洒洒，绮诗丽词，"倾注了几乎所有的感情"，谁能说洛水女神不是永久长存于人们的心灵之中呢？古代的神话流传着，传统的诗词在二十一世纪又复活了，而且，大放异彩！徐君是一位儿科医生，退休没两年，她在家闲不住，其心不空虚，曾经游历过的山川风物，读过听过的神话传说齐聚心头，无须固执凝结，让其风化枯死，一腔情思倾泻而出，如汩汩清溪，如滔滔洛水，有声有韵，有色有光，流动天地之境，让生命不老不枯黄。为什么众多的人学诗写诗，陶醉于词，叶嘉莹先生说，就是因为人的心灵不死。

　　古的也是今的。洛神是古，却神游于今天，踪迹身影显现在中国的大地。"百丈危崖烟掩谷。绿水东流，一里三回顾。搓手垂额槐下度，人仙殊途谁能卜。"《蝶恋花》："遥指左前同伴悦，雪山下，水滢滢。"《唐多令》："日暮塔门关，莫要催还。红霞疏落景蹁跹。留忘还归不去，月下佳谈。"《浪淘沙》："江水泛泛，李花坠坠。虽意独行，仍虚难眠。江水泛泛，李花片片。悠悠我思，护我年年。""江水泛泛"这些佳句，吉光片羽，是该作下部游踪印痕。词人托名今人那子建抒发诗

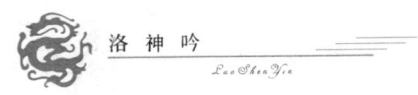

情。子建亦是曹植的号,但未明指曹氏,而虚拟为那氏。古今人似乎有着微妙的相连相通。如果说是转换角色,而情感却是一致的、相同的。洛神依然在心中,在梦中,"佩带云轻舞,青驹载我来"。《南歌子》可证。天上人间,美情所系,词人当然居其中了。山河景色,触目驰怀,神亦动,人生感,何为神,何为人,人神尽融于丽境,不可分了。徐君赞美今天,可以说悠悠无尽。

《洛神吟》是一部结构宏大的华章,有诗有词,联袂而成,分上下两部,上部依《洛神赋》内容演绎抒写,有洛神的相貌身姿、游踪、遇友相恋、离别相思。下部托那子建的游踪展开,全部脉络清晰。唐圭璋以"雅、婉、厚、亮"论词的主旨。词体不适宜叙事,不像诗,歌行体的诗一写数百行,可以完整地叙述一件事,而词是缘情的,短小,就不能大讲故事了。徐君注意到这个特点,没有陷入洛神的故事中,仍然保持着抒情性,情融景,景抒情。整部中的抒情主体是词人和那子建,而洛神的抒情身影却忽隐忽现,这给读者阅读和理解造成一定的困难,但只要仔细一点察看角色转换,结构跳荡,就不会陷入抒情迷宫。各首词相对独立,看得分明,前后关联的感情线比较隐约。读者阅读时,先厘清抒情身份的脉络线索。

这是传统诗词，词汇是古典的，读惯了现代诗的人会感到不大方便。古典的语言更典雅，更富有韵味，适合诗词的表达和玩赏。徐君的诗词语言典雅、优美，而且有味，词汇也比较丰富，不像初写诗词的人那么贫乏。在平仄声韵方面，虽偶见疏误，但得到诗词学会同仁的通力帮助，也就好多了。这正体现出入会的优越性，群体互助，磋商提高。词是最难写的，严羽说："入门须正，立志须高。"徐君也是初学者，很努力，很认真，肯下功夫，所以迅速取得可喜的成绩。

我们还须注意她虚实相间的手法。写景多写实，内容充实丰满，历历在目，真切可感。但也须有空，空灵处余意更足，这样，读者就有想象和联想的余地了。洛神来去无迹，忽隐忽现，曹植描写了她的形色分明，美丽多端。毕竟那是想象中的神，其中含着很大程度的虚，恍惚迷离，这正是神话的妙处魅力。徐君感发所在，笔触也就带来了虚实相间、时空交错的特色。阅读口，我们可以细细体会这一点。

我这小序，只是给阅读《洛神吟》提示一点而已。小序写完了，我不由得还想再来通览一遍，却

深感上部结尾"过了何年何月,不觉晋来魏谢。谁解这痴情,谷风听"和下部结尾"嫦娥舒袖昊天开,天籁七弦琴袅袅悠徊"真好!余音缭绕,韵味无穷。似有寄托,是思念,还是流连,这一切又神驰哪里呢?天地浩渺,云飘水荡,不已哉!

田尔斯

二零一八年一月

序二

词坛新秀出新篇

——读徐履满的长篇叙事词作《洛神吟》

欣赏和创作诗词是件很高雅的事,也是件很不容易的事。古诗的格律要求很严谨,要有相当深厚的功底才能写出传世的佳作。如果受不了格律的约束,也可以写格律稍许宽松一点儿的古体诗。词也讲究起承转合、画面组合,在调名、格律、对仗、音韵、平仄、铺垫、过片、照应、借景、叙事、抒情、引史、用典、意境等方面,要求更加细致,需要按词调来循规蹈矩地写,技巧及典范很多。意在笔先,统筹全篇,然后煞费苦心地字斟句酌、精雕细刻方能成就妙品。

唐诗宋词,经典千秋,历代的大家们都留下了许多精美的诗词,一直让爱好诗词的人们津津乐道。民国时期,还出现过一些很好的入时的词作,存

史且传诵。如：革命先烈瞿秋白写于被囚狱中时的《卜算子·咏梅》，写梅花的风骨以喻人格，相信革命会有成功的前途：

寂寞此人间，且喜身无主，
眼底云烟过尽时，正我逍遥处。

花落知春残，一任风和雨，
信是明年春再来，应有香如故。

民国时期国学大师王国维的《人间词话》是中国近代最负盛名的词话著作，他的词作在艺术上堪称表率，笔下描写的情感楚楚动人：

阅尽天涯离别苦，
不道归来，零落花如许。
花底相看无一语，绿窗春与天俱莫。

待把相思灯下诉，
一缕新欢，旧恨千千缕。
最是人间留不住，朱颜辞镜花辞树。

毛泽东的词作在字里行间流露出伟人的大气概、大风度。《沁园春·雪》是中国千年词坛上一大美之作，后无来者。

中国诗词创作是世界文学艺术史上的奇葩，词学的理论研究有几千年的历史，词学著述分门别类，高论多见。清代戈载的《词林正韵》、陈廷焯的《白雨斋词话》，民国初期洪汝冲的《词韵中声》，中华人民共和国成立后王力先生的《汉语诗律学》、孙霄兵的《汉语词律学》、方智范和邓乔彬的《中国古典词学理论史》、叶嘉莹的《迦陵论词丛稿》等，都已多次再版。

词不是风花雪月的吟咏，此词也不是文苑歌坛的点缀，词也有惊世骇俗的作品，经久不衰的名篇。和平年代里，时事变革了，人们的生活常为社会运动所影响，一度将词作为"旧"的附属而轻视。能作词的人没有多少"闲情逸致"来写词，且大多不敢写现实的人与事，更不敢表达忆史怀旧的心声。写词的少了，懂词的也少了，词作在近几十年里很少有上乘之作问世。词的文学样式流传千年，没有也不会完全销声匿迹。国家级刊物《中华诗词》杂志上每期都有可以欣赏的词作，民间也有一些佳作悄然流传。

前年初春，陕西省紫阳籍诗词爱好者徐履满女士，给我从网上传来一本《雁丘词》长篇叙事词作稿本，请我给她提提意见。自古以来，长篇叙事的词作很少，她的本职工作是市级医院的医生，词作是业余爱好，居然写出了洋洋近千行的词作。我认真读了全稿，读懂了词作中的情绪，看出了词作的结构及语句乃至意境诸方面的意趣。《雁丘词》已由中国电影出版社公开出版，这是她个人以及词坛的重要收获。

去年仲冬，徐履满女士又给我传来《洛神吟》这长篇叙事词作稿本，我越发地惊讶：她怎么一发不可收似的，长稿接长稿，新秀出新篇？我将这部词作也予以了通读，艺术魅力感召我产生艺术的共鸣。这一本分为上下两部，神话传说的吟咏与现实题材的抒写联袂成为一体的词作长篇，实为世所罕见，篇章和词句等都可以让人拍案称赞。我在读有的章节时，忍不住吟咏出声，感觉到美从词章中徐徐而来：

《厉厉洪水》

厉厉雷雨，烈烈洪水。将恐将惧，山河悲摧。

厉厉雷雨,烈烈洪水。是恐是惧,魍魉魑魅。
厉厉雷雨,烈烈洪水。唯木不死,唯草不萎。
厉厉雷雨,烈烈洪水。杞荞虚舍,黍田凋颓。

词作的上部开篇就给人以惊天动地的感觉,词作由复沓的首句"厉厉雷雨,烈烈洪水"开端,且逐句演进,虽然"将恐将惧,山河悲摧",但是"唯木不死,唯草不萎"。看似卑微的却是坚韧的,这是一个生命现象的隐喻。这注定是一次非同寻常的经历,会有一幕幕天上人间的情景剧似的考验,有所担当者,会是怎样?情节接续,急转直下:

《终待这日》

终待这日,惠风和畅。着我褴衣,筑我泥墙。
终待这日,云轻日臧。束我葛腰,栽我禾秧。
终待这日,朝望东方。祈天别做,变脸儿郎。
终待这日,暮拜庙堂。鼠上佛台,反侧愁伤。

悲而未衰颓,摧而不倒伏,生存的希望存在,要不忘初心与使命,矢志不渝地忍受艰难的考验。"终待这日,惠风和畅"啊!"束我葛腰,栽我禾秧。"

这是抗争的呐喊，不屈的向往，奋进的足音。然而又不无担忧，"鼠上佛台，反侧愁伤"。祸不单行吗？是啊！词在语句递进中看到"昼日灼灼""鱼相濡沫"。爱的力量是巨大的，天若有情天开眼，"渌水曲流，修竹小巷，仙境光流绚"。但见"冷香荡悠纱幔"，继而"巧遇郎君羞住"。然而，一波三折又一折，折折让人心痛之。钟情欢会，却好景不长。出于善念，心存悲悯，"怜彼洛地，釜无粟羹"，"宓妃自荐，衰地给封"，"欲别回顾，珠泪湿幽暮"。天将降大任于斯人乎？天使也是人望。洛神下凡来了，"钟鼓锵锵"啊？

《钟鼓锵锵》

钟鼓锵锵，洛水荡荡。天差美妃，嫦娥羞藏。
钟鼓咚咚，水映粼光。仁德无比，秀发扬扬。
钟鼓瑟瑟，乳羊呈上。愿我洛神，如媚春光。
钟鼓悠悠，受我酒浆。佑我岁岁，丰登安康。

宓妃在钟鼓声中从天而降，洛水欢欣而为之荡荡。相比之下，"天差美妃，嫦娥羞藏"，用典非常恰当，写了嫦娥自愧的情景。嫦娥奔月，寂寞于清冷的仙宫；宓妃却心怀善念，自请下凡，投身于心仪的人间，甘愿做出牺牲。这是鲜明的行为对比，典型的形象分野。

复沓的句式，是借鉴了《诗经》的写作手法吗？甚好。词句的乐感很强，能让读者在振奋中看到期望事态的进展。

然而，齐人怀春，一厢情愿，难如心愿，何以进取？好事总是多磨，事情再起波澜：

《诉衷情》

冬愁才去又春怜，
肃穆子时天。
倚窗观雪拈蕚，
排解更无眠。

宫险恶，
自相残，
纵熟谙，
千般良计，
无处彰显，
唯对苍天。

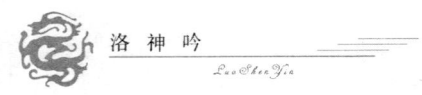

宓妃叹息力薄，无奈"唯对苍天"。经历几番曲折，情怀感动天地，得与郎君相遇。"风送当当曲陌空，今怎双腮飞晕红。真个在此逢，是郎薄雾中。"词作这样起承转合，读来让人荡气回肠。然而，"狂风起，恶电划，霎时间地昏天暗，张双臂娇娜渐远，恨天绝泪呼声断。"好生凄切，更加伤感。洛河水流兮，知君愁绪否？神仙也有苦处！

《阮郎归》

泪流才拭又新痕，
惜别眉带嗔。
欲言无语齿怜唇，
针戳柔弱心。

风萧萧，
暮阴阴。
马蹄声不闻，
依依回首径幽深，
子规啼月魂。

这一篇章的词句充满了书卷气息，却没有故作

洛神吟

矫情的表述，描写了声泪俱下的情景，让人感觉书生意气的可怜与命运波折的无奈。一句"针戳柔弱心"，仿佛纸上也流血。"子规啼月魂"，也是伤心语啊！短短的却哀婉的词语中，活画出人物大大的悲悯感和词作者所寄寓的深深的同情心。

《洛河水兮》

洛河水兮，漩涡洄流。
樛木苍青，凉风飕飕。
洛河水兮，浪卷烟柳。
溅我羽裳，泛破孤舟。
洛河水兮，洋洋远流。
是否可记，暮中堤柳。
洛河水兮，低吟缓流。
思念郎君，莫能邂逅。

真是遗憾啊！洛神安在？千秋神话传说，竟也幽怨如此。词作篇章在此戛然而止，所写内容却余音萦绕不绝。古有《洛神赋》，今有《洛神吟》，立足点不同，世界观有差异。赋为小爱，吟出大音。

词作中言犹未尽，到此可以休矣，也算独立成

章了。词作者却出奇地借题发挥,另辟蹊径。如同词作技巧上的"直注"手法,直接贯通而下,巧妙地转入了词作全篇的下部。

下部的开头仍然以复沓的句式起首,这不单单是字面上与上部开头的照应,也是内容大转换的开端。截然不同的是下部起首句的"茵茵绿萝",预示的不是雷雨和洪水,而是新时代的新生活与感动。

《绿萝》

茵茵绿萝,芽出盆中。
忡忡在室,旷野无穷。
茵茵绿萝,叶茂茎雄。
淼海弯河,难赏秀容。
茵茵绿萝,无花无果。
奇妙梦境,愿随鸟从。

词作的下部写的是一次次长途旅游的经历,行程万里,驻足多地,祖国的山河无限好,许多的美景赞不尽,处处触景生情,天天感觉惬意。词作者在愉快的结伴旅行中,留心人与事,细心观察人、景与感情,用生花妙笔写景抒情,际遇多姿多彩,感慨入情入理，如：

《杂诗》

日暮云稠天渐暗，
微风习习草色寒。
绿浮牛羊万千只，
烟罩九曲十八弯。

敖包勾手默默语，
彩巾抛宵聊狂欢。
花甸丛中留倩照，
待作他日忆流年。

《鹧鸪天》

独自行阶意兴发，
欲登高处睹烟霞。
雪冰瀑布笼烟霭，
云气仙姬飘雾纱。

红石滟，寡鸦喳，
宽衣倚杖嗅黄花。

不觉日暮寒风起,
何奈催归闹市家。

《武陵春》

盘舞苍龙青草浅,
云朵碧池闲。
星斗牛羊望未边,
风诵彩经幡。

红点黄妆骑行去,
山挽水环岚。
薄氧饥劳意肃虔,
玄月卧冰山。

　　但凡外出旅游,必定早已慕名。所到之处,多有美景,以景写人,也有佳话,这在情理之中,让人领会感悟,诉诸笔端更好。词作中的有些语句看似平凡,读起来却很是生动:

《喈喈画眉》

喈喈画眉，巢于檐下。
窈窕淑女，何方仙葩。
喈喈画眉，巢于檐下。
远近从之，鬓生华发。
喈喈画眉，巢于檐下。
幽幽佳梦，青山雾纱。
喈喈画眉，巢于檐下。
寤寐反侧，天放霓霞。

　　整个词作的上部写古不古板，下部写今不轻浅。从整个词作的结构上来看，上部援引历史传说，有完整的故事情节，精彩的词语描写，深化的同情寄寓。下部写了许多不同地点的景观和不同的人与事，写作手法上采取了分镜头摄影的方式，既分片又组合，让人目不暇接；也犹如用无形的金线，串起一斛亮丽的珠子，在阳光下熠熠生辉。景有不同，情有不尽，人有情怀，事有乐趣。人与景相融谐和，事与思都别开生面，篇章中有别致的新意与诸多的美感。词作中很多的叙事情节和抒情妙句，有增光添彩的艺术效果：

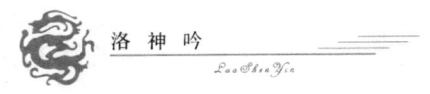

《清平乐》

红催绿老,
黛瓦薄烟袅。
孤鹜恹恹霓霞罩,
听古槐蝉儿叫。

包谷吊吊墙低,
晒台豆满筛箕。
拐枣何时酒卖,
举杯霜上黄菊。

　　这是一幅山村秋收后的景致画面,既质朴又新颖。"包谷吊吊墙低,晒台豆满筛箕",词句及画面多么生动啊!"拐枣何时酒卖,举杯霜上黄菊",写事及抒情多么真实啊!"霜上黄菊",尤为美喻,时节的暗示,颜色的对比,形象的说法,堪称用语的经典。作者对农家生活悉心观察,深入体验,笔下的描写出神入化,其所描绘的生活画面中显示出较好的语言功力。

《浣溪沙》

细细惠风怜小屋，
坎边花犬趄依竹，
樱花媚媚戏峰夫。

土院柴墩村老坐，
弯刀阑袖篾丝铺，
客询筐卖五铢无。

这也是来自于深入生活体验的动情的抒写，是将亲眼所见的生活素材进行了很好的艺术加工之后写出的充满真实生活的词章，字句都没有刻意地雕琢或做作，只是自然而然地描绘出一幅生动有趣的山乡劳动画图，让人感觉美在其中。所用的字句都是乡间的俗话，如此信手拈来，巧妙进行编辑，顿生天然情趣，让人感慨不已。

词作的下部与上部如彼此映照的"双玉璧"，不少的好章节，让读者在丰富多彩的生活场景和妙语如珠的词句中感受到艺术的魅力与情怀的张力，新生活的动力生生不息：

《南歌子》

碧水生烟缕，
青山渡暗香，
白衣措畔晚风凉，
薄草紫花村舍衬斜阳。

《莹莹白玉》

莹莹白玉，洛河之滨。
游人购之，左看右听。
润润白玉，洛河之滨。
游人采之，坠于项颈。
灵灵白玉，洛河之滨。
游人揣之，冥冥幽情。

《调笑令》

筛满，筛满。
莫怕泥壶矮浅。
开坛米酒火煨，今宵共个醉杯。

杯醉，杯醉，

逗坏姑兄嫂妹。

这些通俗易懂的词句，似儿童歌谣，朗朗上口，明白如话，故事情节及画面质朴而生动，让读者如同身临其境，想要开怀同饮。

细心品鉴，多有感叹。这部《洛神吟》，可以称得上佳作，值得阅读、收存并研究。

全篇作品以情贯之，注重用心，以情动人。词语创新成美，让人吟咏有趣。作者苦心孤诣地想要让心中的美好情绪跃然纸上，遂从布局谋篇到分章选调，再到造境塑形以及遣词造句，都颇用功力。有好些字词的择定，可以说既是作者的独出心裁又能得到读者的广泛认可。词的创作应当持守的规矩都具体地表现在这部作品中，比如选择运用不同的词调来表现不同的情节，避免了长篇词作难免冗长无趣或章节容易千篇一律的忌讳，所选用的词调及词牌与所要描绘的情节或情景恰到好处，创作出的五彩缤纷让人自然而然地欣赏赞叹，这是作者采取的很明智的写作手法。

徐履满女士是我的紫阳同乡，且是有点儿远房亲戚的旧叙，多年来极少见面。她将稿本一次又一

次地从网上传给我，请我为之作序。我本一介村夫，潜心自修多年，虽然研读过不少的诗词著作，也曾有不少的诗词作品问世，但我毕竟还是个学生，不敢自以为是。她却再三相请，寄予殷切厚望。我只好勉为其难地涂鸦了上述文字，只是读后感，权且充为序。

仙境佳人田先进

戊戌年春月吉日试言于北京书房笔花庐

序三

医者诗心
——徐履满《洛神吟》序

与履满姐共事多年,我们一直是彼此相知、性情相投的好友。

她退休后,一段时间联系少了些,忽一日发来所写的诗词,细细读后,甚是讶异。认识数十年来,只知她在专业领域声名远扬,是我市颇有影响的儿科专家,深得患者的认同和信赖,却从不知她还有这等诗词雅兴和造诣。

往后的时间里,我陆续分享着她的作品,参与着她的创作历程。从她的第一本书籍《雁丘词》的出版问世,到这本《洛神吟》的创作完成,一路走来,她的勤奋和专注让我感动,她的妙思和才华让我钦佩。她退休后完美的蜕变,仿佛让我结交了一个全新的朋友,我深深为她所吸引和感染。

最初我也有过质疑，她从一个资深医者，转而进入诗人的角色，这是截然不同的两个身份。一个需要客观冷静的理性，一个需要多情浪漫的感性，似乎难有交集。但现在，我却觉得发生在她身上的转变是合情合理的，甚至是必然的轨迹。医学主要探寻生命的物质存在，文学所承载的是对生命的精神探索过程。作者这种转变看起来有巨大差异，但实质都体现了作者乐于思索，更丰富地去认知人生的态度。这本书的问世，是一个医者的惯性使然，更是一个医者的诗心所在。

短短两年多的时间，从阅读典籍，到学习平仄格律，从只有些许基本古典文学知识的门外汉，到能自如地抒写表达，她投入的时间和精力都是巨大的，还因此患上了眼疾。为了获得生动的创作素材，她更是频繁地旅行外出，而这孜孜不倦的状态，何尝不是她医者生涯的常态。

她工作上常年与孩童打交道，性情散淡温婉，常给人一种真纯之感。也许正是因为这样，古典诗词的特质与她产生了契合，唤醒了她沉睡的诗心，使她找到了思想情感的出口，获得了心灵追求的佳境。

"诗者，志之所之也，在心为志，发言为诗。"文学创作活动的实质是作者的情感表现活动，作者的情感、观念、审美等无不影响着作品的取材、意象、表现形式等,并投射在作品中。这本书中的女子,其"含辞未吐,气若幽兰"的形象之美,"身在邑隅中,寄傲云霄外"的气节之美,"日相思,夜相思"的情爱之美,"北方寒冬,南方春熙"的游历之美等,无不表达了作者对人生的感悟,对美的追求和向往,对生活的一片热忱。退休之后,作者以古典文化为载体,追求高雅的生活方式,寻觅心之归宿,几乎无缝过渡到另一个充实的人生阶段。这已经超越了很多人,也对包括我在内的很多人有着引领作用。从这个意义上说,这本书的作者及其创作过程本身就是很有价值的。

这本书以经典名篇《洛神赋》中的洛神为人物原型,通过作者的大胆联想,巧妙构思,演绎了一个凄美的爱情故事,这既发于原作内容,又突破了原作的时空界限,给人物情感和命运安排了跌宕起伏的发展轨迹,使洛神这个美丽的女子以一种新的韵姿展现在大家面前,富于戏剧性和故事性。读这本书,既可以穿越时空,去走近"骨气奇高,词采华茂,情兼雅怨,体被文质,粲溢今古,卓尔不群"的曹子建,又可以暂离红尘扰扰,去追随"翩若惊鸿,婉若游龙"的洛神。两位主人公"寻分觅分,千

年之旅",美好情感在无限的时空中绵延,浪漫唯美,余韵袅袅,且极具感染力。

同时,这本书又像是一本游记,故事的发展与现代社会的人文景观相融合。跟随主人公的缥缈足迹,时而驻足在洛河之滨,时而漫步在成都的宽窄深巷;时而在险象环生的进藏公路上聆听怒江轰鸣,时而畅怀在那曲大草原、可可西里。在乌鲁木齐"赤土热风吹,汗作雨飞";夜宿蒙古包,"千盏不醉";喀纳斯的月亮湾里"圣泉湿衣衫";又到南海去"着彩裙裳",享受"参差温泉"。最美还是那"香风细细、芽口欣欣"的家乡啊,去作者的家乡陕西省安康紫阳县,去吃刨汤、品毛芽,看"漫山轻碧"……这本书里描写的风土人情,都是作者亲身游历的所见所感,看似"无我",却处处"有我"。可以这样认为,洛神的形象正是作者的精神化身。

同作者上本书《雁丘词》一样,这本书亦采用古典新作的编写形式,同时运用典雅的宋词为表现形式,创作风格本身就独辟蹊径,独树一帜。加之作者自学自悟的创作经历,空灵出尘的艺术追求,使得诗词语言自然天成,清新脱俗,不落窠臼,有着极高的文学价值。

承蒙作者嘱托，写上几行文字，仅为大家了解作者及其作品提供一点参考。

庞静

二零一七年十二月

序四

朋友带来徐履满女士即将发表的词集《洛神吟》，请我为序，虽然从事了一辈子的文字工作，也曾为多人的书作写序，但因对诗词少有涉猎，曾几度想婉辞，却在认真阅读了《洛神吟》后，觉得应该说几句，虽然好像是题外话。

从简历上看，履满是学医出身，最后也是在医生岗位上退休的，一个学理科的医生，如何能展现出文科生的文采，她写出了上百首的"中华新韵"作品，这缘于她那一份执着的追求，她那肯学、苦学、善学的精神。

早在多年前，履满就追寻儿时母亲为她讲过的春去秋回在天空成"一"字形飞过的大雁，上中学时又读到了元好问的《摸鱼儿·雁丘词》，使她对大雁的美好形象、大雁丰富的精神和情感世界有了进一步认识，她从春到秋，眺望天空，寻觅大雁。明白了原委后，她便用刻苦钻研学到的国学知识和古典文学知识，经过近一年的努力，于2017年3月份写成了仿词牌叙事诗——《雁丘词》，"希望这一百一十八首含古韵的现代诗,在美的、充满悲剧气氛的环境中烘托出一对忠于爱情、生死相许,单纯、善良、勇敢、富有同情心的大雁艺术形象,给大家带来一点不一样的感受,唤醒点什么。"(见作者《雁丘词》后记,着重号为序者所加。)并被中国电影出版社看好,以"取材好,感人肺腑,荡气回肠"签约出版、发行,难能可贵!

也是因了这份执着的追求,2016年初春,她与好友相约出外旅游,为洛河之滨美丽的景色所动,触景生情,"产生了用典雅的宋词方式书写曹植和洛神的美好爱情故事"的想法,"使《洛神赋》中这位美丽的女子,用一种新的韵姿展现在大家面前,让她的故事穿越时空与现代社会的人文景观相融","让人们在无限的空间和时间中去寻觅那份美好"。

曹植是中国文学史上的一位重要的作家,是"建安七子"之首,《洛神赋》是曹植辞赋中的名篇,也是杰出作品,它以浪漫主义手法,通过梦幻的境界描写了人神之间的真挚爱情。其赋不仅想象丰富,取材构思精巧,辞藻华丽而不浮躁,清新之气四溢,令人神爽,而且描写刻画生动传神,又采用了比喻、烘托手法,错综变化巧妙得宜,给人一种浩而不繁、美

而不惊之感,履满敢以此为范,用一百多个词牌,谱写出这样一本美好的词集,足见其文化自信!

确实,人是要有追求、要有一种精神的。有所追求,才会"有所发现,有所发明,有所创造,有所前进",而有了这种精神,才会使人不断战胜困难,走向成功,才会使人高尚、无私、奋争、拼搏!伟大的精神可以造就一个伟大的人,造就伟大的事业。而一个没有了精神追求的人,是绝不会造就一番事业的。对一个人来说是这样,对一个群体来说也是这样,对一个社会来说也是这样。这里我不想累赘、评说词集的内容,因为认真读读就会明白了,只说说《洛神吟》中所用的一百多个词牌。我仔细研读了这一百多个词牌,它们都是很规范的,词牌的谱绝大多数是钦定词谱,不要说熟练地运用这些词牌,光学习、掌握、熟悉这一百多个词牌,要下很多功夫,吃很多苦头!履满不仅掌握了,而且娴熟地运用了,她之所以能这样,不正是因了那份追求,那种精神吗?

是为序。

梁荫

二零一八年二月

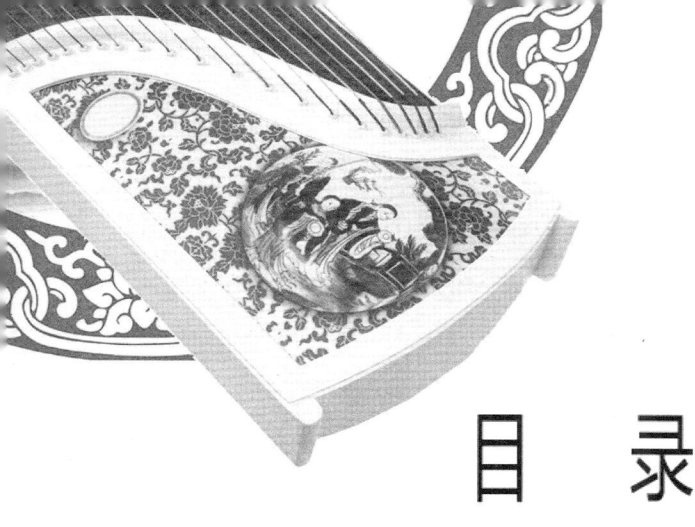

目 录
contents

上部

第一章
宓妃因思念梦中情人，同情灾难中的洛地百姓而自荐出任洛河之神

厉厉洪水…………………………………… 003

终待这日…………………………………… 004

河　兮……………………………………… 005

十六字令…………………………………… 006

昼日灼灼…………………………………… 007

永遇乐……………………………………… 008

如梦令……………………………………… 010

长相思 …………………………………………………011

眼儿媚 …………………………………………………012

童　谣 …………………………………………………013

绿枫婆娑 ………………………………………………014

青玉案 …………………………………………………015

第二章

洛神治理后洛地的变化

采桑子 …………………………………………………019

木兰花 …………………………………………………020

浣溪沙 …………………………………………………021

生查子 …………………………………………………022

清平乐 …………………………………………………023

行香子 …………………………………………………024

钟鼓锵锵 ………………………………………………026

柳梢青 …………………………………………………027

第三章

男主人公出场，后与洛神巧遇

诉衷情 …………………………………………………031

鹧鸪天	032
临江仙	033
西江月	034
留春令	035
喝火令	036
南乡子	037
忆江南	038
河水清兮	039
卜算子	040
清商怨	041
十六字令	042
无　题	043

第四章

男主人公与洛神的相识，相爱，痛别

落梅风	047
喜春来	048
节节高	049
谒金门	050
一半儿	051
凭阑人	052

饮马歌	053
酒泉子	054
南歌子	055
霜天晓角	056
惜分飞	057
巫山一段云	058
捣练子	059
落梅风	060
拨不断	061
蝶恋花	062
归自谣	063
无　题	064
无　题	065
无　题	066
阮郎归	067

第五章

男主人公和洛神天涯各方的无限思念

鹊桥仙	071
忆秦娥	072
夜游宫	073

渔家傲	074
杏花天	075
醉花阴	076
洛河水兮	077
一斛珠	078
昭君怨	079

下部

一千七百八十余年后，某城市高层写字楼的办公室里，才子那子建正望着一盆绿萝发呆……

第一章
夏寻

绿　萝	083
终有暇兮	084
一剪梅	085
浪淘沙	086
画堂春	087
武陵春	088
唐多令	089
苏幕遮	090

南歌子·················092
菩萨蛮·················093
醉中天·················094
忆秦娥·················095
探春令·················096
饮马歌·················098
杏花天·················099
夜游宫·················100
定风波·················102
好事近·················103
浣溪沙·················104
相见欢·················105
人月圆·················106
天门谣·················107

第二章

秋寻

莹莹白玉···············111
浣溪沙·················112
杂　诗·················113
浪淘沙·················114

清平乐	115
南歌子	116
南歌子	117
杂　诗	118
来吧，干杯	119
临江仙	120
杂　诗	121
杂　诗	122
浪淘沙	123
杂　诗	124
霜天晓角	125
浣溪沙	126
忆江南（双调）	127
青玉案	128
杂　诗	129
生查子	130
卜算子	131
点绛唇	132
鹧鸪天	133
踏莎行	134

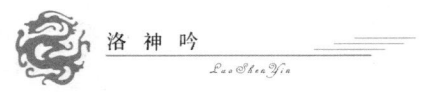

第三章
冬寻

梦中姑娘 ……………………………… 137
暖日洋洋 ……………………………… 138
清水弯弯 ……………………………… 139
眼儿媚 ………………………………… 140
诉衷情 ………………………………… 141
参差温泉 ……………………………… 142
喈喈画眉 ……………………………… 143
杂　诗 ………………………………… 144
祝英台近 ……………………………… 145
蝶恋花 ………………………………… 147
着裙洗手 ……………………………… 148
调笑令 ………………………………… 149

第四章
春寻

卜算子 ………………………………… 153
江水泛泛 ……………………………… 154
内蒙羔羊 ……………………………… 155

小重山	156
浣溪沙	157
谒金门	158
临江仙	159
西江月	160
南乡子	161
忆江南（双调）	162
南歌子	163
忆少年	164
少年游	165
踏莎行	166
留春令	167
浣溪沙	168
深夜寂寂	169
南歌子	170
荷塘林深	171
墙有枫藤	172
后　记	173

上部

第一章

宓妃因思念梦中情人，同情灾难中的洛地百姓而自荐出任洛河之神

厉厉洪水

厉厉雷雨,烈烈洪水。
将恐将惧,山河悲摧。
厉厉雷雨,烈烈洪水。
是恐是惧,魍魉魑魅。
厉厉雷雨,烈烈洪水。
唯木不死,唯草不萎。
厉厉雷雨,烈烈洪水。
杞莠虚舍,黍田凋颓。

终待这日

终待这日,惠风和畅。
着我褴衣,筑我泥墙。
终待这日,云轻日臧。
束我葛腰,栽我禾秧。
终待这日,朝望东方。
祈天别做,变脸儿郎。
终待这日,暮拜庙堂。
鼠上佛台,反侧愁伤。

河 兮

河兮,来自何地。
婉婉悠悠,空灵弥弥。
河兮,经我门西,
抱山绕渚,柔歌浪击。
河兮,过我柳堤。
鱼戏叶下,鸟飞熏夕。
河兮,逝我目极。
君在何方,愿同游兮。

十六字令

天,
怎就无常起怒欢。
无人佑,
又作孽愁煎。

昼日灼灼

昼日灼灼,树荫如炙。
怜那幼禾,恹恹衰姿。
月失清凉,星沾汗渍。
无稼无穑,何以衣食。
风雨盼兮,三月匪施。
不顾劬劳①,无视庙祠。
鱼相濡沫,虾拭泪滋。
此是何地,歌舞魅魑。

注释:

①劬劳:过度劳累。

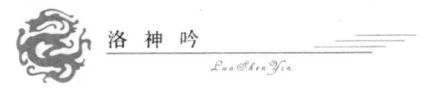

永遇乐

明月如霜,
疏星莹露,
风扶清浅。
渌水曲流,
修竹小巷,
仙境光流绚。
三更钟鼓,
平安相报,
谁料醒了巢燕。
呢喃间,
烟缭阁柱,
冷香荡悠纱幔。

冰肌玉骨,
琼床曲卧,
自带清凉无汗。

洛 神 吟

手似柔荑,
肤如膏润,
匀项蟠蛴绻。
蛾眉蓁首,
迷离泪眼,
欹枕钗横鬟散。
念佳梦,
堤岸巧遇,
魂牵绪乱。

如梦令

恍入梅花幽谷,
岸柳水生团雾。
意兴忘时辰,
向晚不识归路。
眉蹙,
眉蹙,
巧遇郎君羞住。

长相思

朝相思,
暮相思,
魂似丢兮魄似痴。
啾啾雀恋雌。

昼相思,
夜相思,
泪断柔肠谁可知。
更更不寐时。

眼儿媚

谁个孩儿唱山歌,
清脆荡烟波。
顿消寐意,
掀纱扶髻,
柔步婀娜。

开帘不见仙童影,
字句抵心窝。
不知怎地,
恍惚又现,
梅谷溪河。

童　谣

洛河宽，
洛河长，
河里的鱼儿跳房房。
忽然一阵大水来，
哭着跑着叫爹娘。

洛河宽，
洛河长，
河边的蝴蝶采花香。
几月不见雨儿下，
没了蝴蝶好悲伤。

洛河宽，
洛河长……

绿枫婆娑

绿枫婆娑,红日当空。
怜彼洛地①,釜无粟羹。
黄枫灿灿,斜阳梧桐。
悲彼洛地,水枯井空。
红枫艳艳,云幕金熔,
叹彼洛地,荒草土冢。
忧兮吾帝,谁宰谁从。
宓妃自荐,衰地给封。

注释:
  ①洛地:洛河之地。

洛 神 吟

青玉案①

婀娜凌步荷塘路,
菡萏乐,
蜻蜓舞。
绿柳扶风烟霭沐。
鸟儿牵摆,
鱼儿挽渡,
难舍昔春暑。

遥迢千里多卣阻,
闻道荒凉恶妖布。
哪日荣归还共处。
续说犹哽,
欲别回顾,
珠泪湿幽暮。

注释:
　　①洛神告别天庭赴任时离别不舍的情景。

第二章
洛神治理后洛地的变化

采桑子

篷舟扁棹穿霞暮,
渌水清波,
树影婆娑。
堤上鹅听归燕歌。

鱼虾舱满炊烟袅,
新酒柴桌,
眯眼轻嘬。
醉惹叽叽浒里蝈。

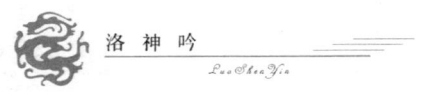

木兰花

满山疏绿风微暖,
垭子飞来一对燕。
不知有意或无心,
剪下红英一片片。

牧笛缭霭青烟卷,
浣女捣衣溪水练。
谁家小子俏①扔石,
珠面娇羞嗔点点。

注释:
　　①俏:俏皮。

浣溪沙

细细惠风怜小屋,
坎边花犬趑依竹,
樱花媚媚戏蜂夫。

土院柴墩村老坐,
弯刀阑袖篾丝铺,
客询筐卖五铢①无。

注释：
　　①五铢：五铢钱。

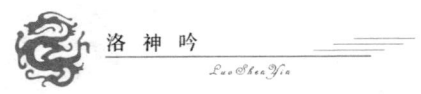

生查子

日上对门竹,
薄雾悄阴散。
囿里绿油悠,
四五鸡①馋窜。

气坏看家童,
拖棍园中撵。
叫你害吾苗,
圈跑②额③泥汗。

注释:
　①四五鸡:即四五只鸡。
　②圈跑:与鸡绕着圈跑。
　③额:额头。

清平乐

红催绿老,
黛瓦薄烟袅。
孤鹜恢恢霓霞罩,
听古槐蝉儿叫。

包谷吊吊墙低,
晒台豆满筛箕。
拐枣何时酒卖,
举杯霜上黄菊。

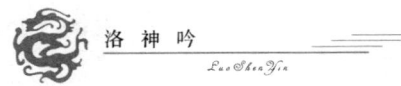

行香子

一暮清寒,
细雪浮翩。
水街映,
柔影灯帘。
笙箫歌起,
鞭炮云穿。
有钗儿香,
俊儿俏,
丱儿欢。

巧妆眉点,
凌波微步,
最欣愉,
今岁平安。
柳荫树下,
一对缠绵。

又惹相思,
绪笼月,
月高悬。

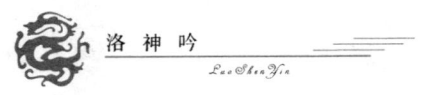

钟鼓锵锵

钟鼓锵锵,洛水荡荡。
天差美妃,嫦娥羞藏。
钟鼓咚咚,水映粼光。
仁德无比,秀发扬扬。
钟鼓瑟瑟,乳羊呈上。
愿我洛神,如媚春光。
钟鼓悠悠,受我酒浆。
佑我岁岁,丰登安康。

柳梢青

寂夜宫廷①,
月勾檐角,
冷透香屏。
孤枕凉衾,
茫然无寄,
怎个凄清。

花结②泣泪残灯,
更谁比,
柔肠雪冰。
倘若存缘,
就当千里,
也应冥听。

注释:
　　①宫廷:洛神宫廷。
　　②花结:灯花结。

第三章

男主人公出场，后与洛神巧遇

诉衷情

冬愁才去又春怜，
肃穆子时天。
倚窗观雪拈萼，
排解更无眠。

宫①险恶，
自相残，
纵熟谙，
千般良计，
无处彰显，
唯对苍天。

注释：
① 宫：皇宫。

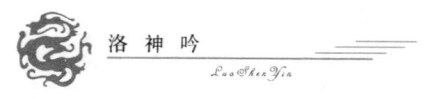

鹧鸪天

哪里孤鸿和泪闻，
悲怜哀悯浸黄昏。
高墙层笙云霞断，
香水①涓流郊野分。

任啸傲，
对金樽。
醉中方解锁心门。
天生吾辈何毋用，
明月窥窗断梦魂。

注释：
①香水：后宫流出含有胭脂粉黛，散发着香味的溪水。

临江仙

天籁飘悠谁少女,
沉沉醉眼迷离。
合衣披发倚窗觑①。
素天英片舞,
几个俏娘嬉。

雪压枝条梅衬映,
白中红最娇姬。
回眸一笑浅情袭。
含波方欲送,
又恐是兄②妤。

注释:
　　①觑:阴平。意为眯着眼看。
　　②兄:皇兄。

西江月

烟袅画生郊野,
云开日挂竹梢。
无聊独自上廊桥,
哀见秋千荒草。

又睹儿时嬉笑,
扶绳推我云霄。
而今咫步似迢遥,
悲泪回漪胸沼。

留春令

柳拂烟岸,
棹拍云水,
马嘶难舍。
百里长安又别离,
奈何泪,
流无所。

可恨功名门闭锁,
冷漠愁心过。
船遇湍流哨公吆,
浪花卷,桅杆簸。

喝火令

夜幕风撩霭,
银光月泄辉。
有天边小鸟旋飞。
如画满眸苍老,
层嶂岭崔巍。

莫道谪迁去,
堪怜梦不归。
又听溪水树间洄。
泪看寨窣,
泪看柳枝垂。
泪看断肠风景,
怎解彩霞绯。

南乡子

水上渔舟,
粼粼飘曳暮轻柔。
赤脚童儿筐背倒,
江钓,
浒草招摇蛙搅闹。

忆江南

知何处,
烟霭惠风生。
坡上茅屋鸦雀叫,
坝中灰瓦犬鸡鸣。
酥土小禾青。

河水清兮

河水清兮,野花灼灼。
岸树葳蕤,瑞霞疏落。
河水澈兮,青烟袅娜。
几声猿叫,几声莺歌。
河水湍兮,浪击石歌。
舟舞人蹈,艄公吆喝。
河水漾兮,粼粼银波。
鱼游天上,水底运过。

卜算子

身在邑隅中,
寄傲云霄外。
春惹花怜俏颜开,
悠自抛芳霭。

络绎毂声疾,
断续足音快。
哪个能和我一同,
醉卧花枝拽。

清商怨

初春香细扶冠冕,
马困蹄儿软。
轮毂咯吱,
半迷半醒眼。

清风如水潋滟,
柳枝摇,
落梅几片。
是梦尤真,
一川烟向晚。

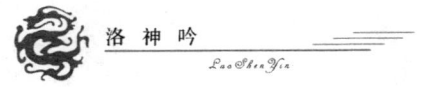

十六字令

仙，
哪个娇姬峭壁间。
心澎湃，
七魄九分牵。

无 题[①]

其形也，翩若惊鸿，婉若游龙。
荣曜秋菊，华茂春松。
仿佛兮若轻云之蔽月，飘摇兮若流风之回雪。
远而望之，皎若太阳升朝霞；
迫而察之，灼若芙蕖出绿波。
秾纤得衷，修短合度。
肩若削成，腰如约素。
延颈秀项，皓质呈露。
芳泽无加，铅华弗御。
云髻峨峨，修眉联娟。
丹唇外朗，皓齿内鲜。
明眸善睐，靥辅承权。
瑰姿艳逸，仪静体闲。
柔情绰态，媚于语言。
奇服旷世，骨像应图。
披罗衣之璀璨兮，珥瑶碧之华琚。

洛神吟

戴金翠之首饰，缀明珠以耀躯。
践远游之文履，曳雾绡之轻裾。
微幽兰之芳蔼兮，步踟蹰于山隅。
于是忽焉纵体，以遨以嬉。
左倚采旄，右荫桂旗。
壤皓腕于神浒兮，采湍濑之玄芝。

注释：
①摘选自元代赵孟頫书《洛神赋》段落。

第四章
男主人公与洛神的相识，相爱，痛别

落梅风

车轮软,
坐马嗟,
意迷迷目灼情泻。
谁家女清姿旷野,
莫真逢雒嫔①孤月。

注释:
　①雒嫔:宓妃,即洛神。

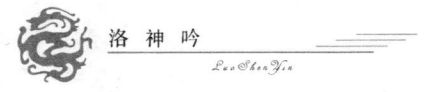

喜春来

穿得玉带裘袍扣,
徊步车前魄自丢。
无言愁见柳芽抽。
山谷幽,
且恐情空留。

节节高

涧烟穿线,
谷风托梦,
余温佩带,
千情馈送。

忐忑心,
迷离目,
惶恍中,
露映娇颜姹红。

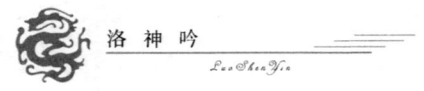

谒金门

莺树暖,
枝上嫩黄疏浅。
弱柳扶风思绪卷,
野梅香细软。

薄雾忽迷忽散,
破土娇芽迷眼。
碧水淙淙斑雀点[①],
惹得思绪乱。

注释:
①斑雀点:斑雀儿点水。

一半儿

上飞瀑布下游鸭,
浪撞石鸣猿跳崖,
采了灵芝插鬓花。
那梅丫,
一半儿蝶忙,
一半儿耍。

凭阑人

风送当当曲陌空，
今怎双腮飞晕红。
真格在此逢，
是郎薄雾中。

饮马歌

天寒风卷暮,
雀鸟寻归树。
喜忧蛾眉蹙,
泪儿噙不住。
这深山,莫个媒,
万语情难诉。
马留步。

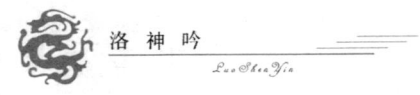

酒泉子

鸦雀树鸣,
缕缕青烟袅起。
折青枝,
拈飞絮,
吻霓虹。

幸得佩带风书介①。
知晓情相悦,
千个思,
万个夜,
喜相逢。

注释:
　①书介:传达书信的使者。

南歌子^①

喜子^②青丝吐,
流莺翠婉歌。
双眸相映泪婆娑,
千语万言羞掩捕飞蛾。

注释:
　　①词写两人相逢场景。
　　②喜子:长脚蜘蛛。古人视它为吉祥物。

霜天晓角

流霞西抹,
绿水归帆过。
崖岸梅枝三两,
清风剪,
几片落。

默默,
相并坐,
惜惜数浪朵。
不巧缠绵相望,
心怦跳,
迅即躲。

惜分飞

鱼跳清潭虾歌起,
孔雀竞开彩羽。
蜂耍蝴蝶趣,
妖娆娇媚羞花闭。

摘片柳叶插发髻,
万句欲说无语,
牵手吹花絮,
絮飞絮落云烟里。

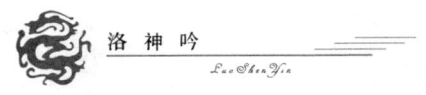

巫山一段云

素手托琼玉①,
纤纤袖摆轻。
婀娜娇媚目盈盈,
应许更无声。

风也停吹动,
虫儿不再鸣。
悠悠天外牧笛听,
相诉鹊桥情。

注释:
　　①琼玉:洛神回赠的定情物。

捣练子

天渐暗,夜莺啼。
不觉悄悄露上衣。
惜叹这光阴浅短,指①渊幽可供佳期。

注释:
　　①指:指向。

落梅风

狂风起,
恶电划,
霎时间地昏天暗,
张双臂娇娜①渐远,
恨天绝泪呼声断。

注释:
　　①娇娜:洛神。

拨不断

奈何别[1],
欲呼噎,
刀割柔肺心撕裂。
把泪苍天事太绝。
此情难了意难却,
到时光灭。

注释:
[1]别:洛神的不舍和痛别。

蝶恋花

日落西山天色暮,
燕子双飞,
消逝天边路。
青马嘶嘶河漫雾,
涓涓泪涌眉儿蹙。

百丈危崖烟掩谷。
绿水东流,
一里三回顾。
搓手垂额槐下度,
人仙殊途途能卜。

归自谣

心也颤,
冷雾轻笼花絮乱,
潸然泪下长吁叹。
无端风划枯叶卷,
流云断,
拣枝抑郁双飞燕。

无 题①

嗟声唤来,
"尔乃众灵杂遝,命俦啸侣,
或戏清流,或翔神渚,
或采明珠,或拾翠羽"。

注释:
①摘自《洛神赋》选段。

无 题①

"从南湘之二妃，携汉滨之游女。
叹匏瓜之无匹兮，咏牵牛之独处。
扬轻袿之猗靡兮，翳修袖以延伫。
休迅飞凫，飘忽若神，凌波微步，罗袜生尘。
动无常则，若危若安。
进止难期，若往若还。
转眄流精，光润玉颜。
含辞未吐，气若幽兰。"

注释：

①摘自《洛神赋》段落。

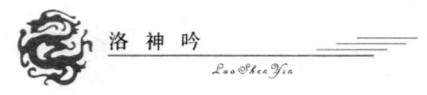

无 题[1]

"于是屏翳收风,川后静波。
冯夷鸣鼓,女娲清歌。
腾文鱼以警乘,鸣玉鸾以偕逝。
六龙俨其齐首,载云车之容裔,鲸鲵踊而夹毂,水禽翔而为卫。"

注释:
　　[1]摘自《洛神赋》段落。

阮郎归

泪流才①拭又新痕,
惜别眉带嗔。
欲言无语齿怜唇,
针戳柔弱心。

风萧萧,
暮阴阴。
马蹄声不闻,
依依回首径幽深,
子规啼月魂。

注释:
　　①才:刚刚。

第五章
男主人公和洛神天涯各方的无限思念

洛 神 吟

鹊桥仙

怨烟氲树,
恨星疏启。
暮卷马嘶黯沮。
七情五味乱吾心,
又何奈,
山萧人去。

英容华貌,
冰肌玉骨,
纱笼忧忧清郁。
悔当初错弃良机。
现留这,
朝思寐觅。

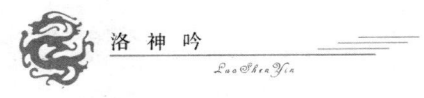

忆秦娥

帘钩解,
宽衣欹枕金双雀①。
金双雀,
相依窃语,
李花如雪②。

什时相见吹灯灭,
奈何无梦窥窗月。
窥窗月,
怎将愁去,
玉栏云谢。

注释:
　①金双雀:枕上金丝绣的双雀。
　②李花如雪:枕上绣的李花。

夜游宫

紫霭飘缭鹤起,
水徊树,
不知何地。
娇面嗔颜怅然去。
四方寻,
涧生烟,
山细雨。

鼠跳檀香屉,
恨梦断,
月斜帘隙。
披褂独行小园里。
又三更,
露沾衣,
空自忆。

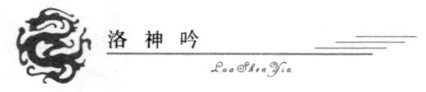

渔家傲

弹指顷间浮世过,
功名缥缈谪迁客。
残岁苟活尊后躲。
谁是我,
牡丹花下青石卧。

身俏音甜羞靥绰,
似愁似喜蛾眉锁。
纤步拈花仙影没。
堪能舍,
水流东去涟漪澈。

杏花天

杏花漫开蝶儿舞,
衔泥燕,
门梁巢筑。
病来久卧恹恹步,
童挽园中春睹。

思无尽,
七弦琴①诉,
好似在,
园幽深处。
弃杖快挪池边圃,
音断长嗟天暮。

注释:
　　①七弦琴:原宓妃所弹之琴。

醉花阴

瑟瑟秋风吹夜冷,
弯月笼帘影。
凄切小虫声,
愁煞衰人,
漏断娇儿醒。

倚门又看凋零景,
砌上红黄映。
金缕枕①欹斜,
愿梦迢迢,
无奈还咽哽。

注释:

①金缕枕:来自宓妃留枕典故,即金缕玉带枕。

洛河水兮

洛河水兮，漩涡洄流。
樛木苍青，凉风飕飕。
洛河水兮，浪卷烟柳。
溅我羽裳，泛彼孤舟。
洛河水兮，洋洋远流。
是否可记，暮中堤柳。
洛河水兮，低吟缓流。
思念郎君，莫能邂逅。

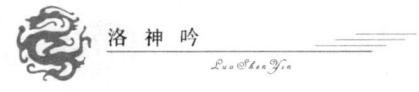

一斛珠

蝉催夏沈①,
穿帘聒噪声声紧。
奈何午觉些儿尽。
对镜梳妆,
纤手晶珠搵。

绾髻无心眉麽损,
云鸿飞过无音讯。
恨人仙怎留分寸。
玉盏金杯,
倚案消得饮。

注释:
　　①沈:通沉;夏沈意为夏末。

昭君怨

漫漫雪花飞舞，
紧裹狐裘玉骨。
又望路迢迢，
尽冰梢。

过了何年何月，
不觉晋来魏谢。
谁解这痴情，
谷风①听。

注释：
　①谷风：指当时传送佩带的谷风。

下部

一千七百八十余年后,某城市高层写字楼的办公室里,才子那子建正望着一盆绿萝发呆……

第一章

夏寻

绿　萝

茵茵绿萝，芽出盆中。
忡忡在室，旷野无穷。
茵茵绿萝，叶茂茎雄。
淼海弯河，难赏秀容。
茵茵绿萝，无花无果。
奇妙梦境，愿随鸟从。

终有暇兮

终有暇兮,阳台莺语。
吾将远游,身轻如羽。
终有暇兮,窗外树绿。
吾将远游,是欢是喜。
终有暇兮,青烟旖旎。
朝约好友,暮备行李。
终有暇兮,月光如洗。
自由自在,童心稚气。

一剪梅

又梦格桑花媚姣，
湖泊旁边，
露挂枝梢。
低眉挪步发叮当。
春意连连，
含笑相招。

隔壁小儿恰闹宵，
风撩窗帘，
月照芭蕉。
几年思觅有明朝。
人在河滨，
心在途遥。

浪淘沙①

看雨过轻雯,
卷送黄昏,
华灯璨璨厦②莘莘。
无际车流人浩渺,
鸟戏槐荫。

宽窄巷幽深,
古院香盦,
伤心凉粉③酒微斟。
试问店家什色好,
珠坠丝巾。

注释:
　①此词作于成都。
　②厦:高楼。
　③伤心凉粉:宽窄巷有名的小吃。

画堂春①

霏霏细雨锁河廊,
城笼晚夏清凉。
小桥莹雾彩灯妆,
湍水洋洋②。

携友徜徉堤上,
嘻嘻留照黄棠。
又轻歌跑马烟冈③,
唐卡金光④。

注释:
①此词作于四川康定。
②湍水洋洋:康定城中的大渡河,水流湍急。
③跑马烟冈:康定情歌中的跑马山冈。
④唐卡金光:跑马山崖上的巨幅唐卡雕画,灯光下金光闪闪。

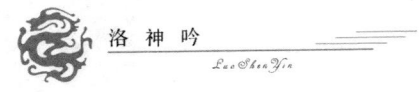

武陵春①

盘舞苍龙②青草浅,
云朵碧池闲。
星斗牛羊望未边,
风诵彩经幡。

红点黄妆骑行去,
山挽水环岚。
薄氧饥劳意肃虔,
玄月卧冰山。

注释:
①此词写给318国道中进藏的自行车队友。
②苍龙:盘绕在高原上的318国道。

唐多令①

夜色卷寒风,
车行月自娉。
贡格尔,
悠漾空灵。
遥指左前同伴悦,
雪山下,
水滢滢。

琼梦入冰笙,
步柔唯恐惊。
万千年,
姐妹随形。
珠坠丝巾如系上,
又愁媚,
动凡情。

注释:
　　①此词作于贡格尔草原的姐妹湖。

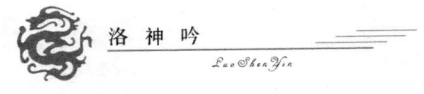

苏幕遮①

北悬峰,
南竖斧。
俯首轻觑,
足软心生怵。
车带②飘曲绝壁树。
渊底轰鸣③,
咆哮腾腾雾。

屏无声,
唯转毂。
"着火"惊呼,
颤手胸前捂。
拖裹黑烟行晚暮。
嗟叹英雄,
天险揣情愫。

注释：
　　①此词作于318国道中的天险七十二道拐。
　　②车带：形容车流像飘带。
　　③渊底轰鸣：指怒江轰鸣。

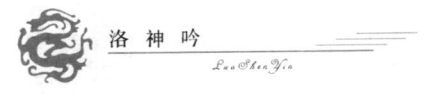

南歌子

碧水生烟缕,
青山渡暗香。
白衣措①畔晚风凉,
薄草紫花村舍衬斜阳。

注释:
①白衣措:318国道旁的一个高原湖泊。

菩萨蛮①

风柔云淡时犹早，
环连美景心情好。
拽伴岸边游，
轻狂弯月搂。

水漪山影倒，
调笑精灵照②。
川谷漾青春，
不知天已昏。

注释：
　　①此词作于白衣措畔。
　　②照：照相。

醉中天①

山暗楼屋矮,
点亮柴门开。
松木清香②卓玛菜③,
热酒银壶筛。
挪步蛾眉喜栽。
悄瞄娇态,
羞上桃腮。

注释:
　　①此词作于藏民多吉家。
　　②松木清香：木屋散发的香味。
　　③卓玛菜：降英卓玛炒的菜。

忆秦娥[1]

银光泻,
窗含东岭皑皑雪。
皑皑雪,
可知那处,
也同今夜。

雀儿不寐枝头掠,
轻烟飘袅情思切。
情思切,
披衣欹枕,
寄心明月。

注释:
　　[1]此词作于藏民多吉家。

探春令①

离村十里,
是何佳味,
袭轻烟过。
窜鼻荡袂时而惑,
腹肠辘,
涎包破。

彩裙珠饰婀娜裹,
掌参②山鸡③剁。
细火熬,
墨绿石锅④,
香漫口齿三天锁。

注释:
　　①词牌:摊破体。此词作于西藏鲁朗镇。

②掌参：即手掌参。
③山鸡：即藏香鸡。
④墨绿石锅：墨绿色的云母石锅。

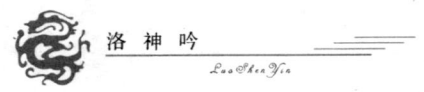

饮马歌①

边关秋未到,
雪笼迷迷草。
彩幡微夕照,
势拔苍茫淼。
雾中难辨哪方,
炯炯神牛②啸,岁华老。

注释:
　　①此词作于318国道米拉山口。
　　②神牛:米拉山口的铜牛雕塑,也指牦牛。

杏花天[1]

雪山绵绵薄草翠,
净无尘,
琼池圣水。
万千遍诵经忏悔,
三步匍匐长跪。

怎消孽,佛音吾辈,
祈良愿,玛尼堆垒。
青丝苍苍朱颜悴,
肃穆虔诚微泪。

注释:
[1]此词作于318国道。

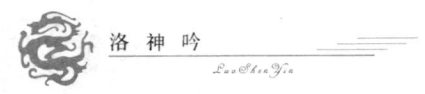

夜游宫[①]

古寺深深巷里,
雾笼影,
玛吉阿米[②]。
梦绕魂牵此无语,
立街头,
尽端详,
寻匿迹。

往事如烟去,
藏王[③]泪,
涓涓檐底。
附耳陈墙似闻矣,
笑吟吟,
意连连,
诗续续。

注释：

①此词作于拉萨的八廓街。

②玛吉阿米：当年仓央嘉措与情人幽会的地方，又有传说玛吉阿米是仓央嘉措情人的名字。

③藏王：仓央嘉措。

定风波[1]

闻道黄牛[2]如莠多,
八十九百任他说。
一票欲求实难买,
何奈,二更天气叫衾窝[3]。

风虐霜欺神自醒,
真冷,
四人紧凑觉衣薄。
吾辈啥时曾语败,
看帅,
黎明广场唱轻歌。

注释:
    ①此词作于布达拉宫广场。
    ②黄牛:票贩子。
    ③叫衾窝:叫被窝。

好事近①

和众目西天,
莫道霓虹不是,
莫道霁霞不是,
赤橙青蓝紫。

参差璀璨柔光泻,
抢照机②毋识。
或许真的佛显,
隐冥福泽赐。

注释:
　　①此词作于拉萨文成公主大剧院广场。
　　②机:照相机。

浣溪沙①

细细斜风卷暮寒，
薄霞冉冉笼轻烟，
草儿疏浅望无边。

红隼思归天上过，
藏羊②闲耍尾摇欢，
停车欲看怕惊仙。

注释：
　　①此词作于可可西里。
　　②藏羊：藏羚羊。

相见欢①

烟氲花霭笼晴，
紫蝶婷。
冉冉草相辉映，
露珠莹。

牛儿惬，
羊儿悦，
碧池星②。
白马红巾鞭舞，
众眸倾③。

注释：
　　①此词作于那曲大草原。
　　②碧池星：草原像绿色的天池，牛羊像天上的星星。
　　③倾：倾慕。

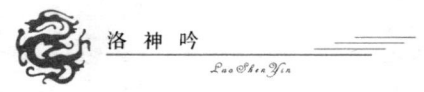

人月圆①

西山掩映斜阳里,
縠皱水涟漪。
草怜烟渚,
飞鸿鸣过,
骄影行骑。

彩丝碎辫,
参差珠饰,
杏眼微眯。
含波频顾,
俄然心颤,
颊泛红霓。

注释:
　　①此词作于那曲大草原。

天门谣①

山渐临昏暮,
莫不舍,
唤归声促。
三五步,
怎由得回顾?

皓空月悬人羊渺入②,
袅袅相思难细数。
天慧目,
可再会,
丝巾系树。

注释:
　　①此词作于金银滩草原。
　　②人羊渺入:人羊进入浩渺的草原夜幕之中。

第二章
秋寻

莹莹白玉①

莹莹白玉,洛河之滨。
游人②购之,左看右听。
润润白玉,洛河之滨。
游人采之,坠于项颈。
灵灵白玉,洛河之滨。
游人揣之,冥冥幽情。

注释:
①白玉:暗示当年宓妃回赠曹植的定情物。
②游人:那子建。

浣溪沙

花伞丝边配紫包,
斜拍留照①待招摇,
新疆之旅在明朝。

白柜翻腾衣帽选,
黑箱比试彩巾挑②,
月爬窗外树梢高。

注释:
　　①斜拍留照:斜着照相。
　　②挑:挑选。

杂 诗

迷盹一觉五千里①,
彳亍日②步三尺高。
故里骄阳灼赤足,
乌市凉风撩发梢。

主人盛情杯酒满,
客家欢兴饕③串肉④。
身在笼中为时久,
方知此时才逍遥。

注释:
　①五千里:咸阳机场至乌鲁木齐五千多里。
　②日:太阳。
　③饕:贪吃。
　④串肉:烤羊肉串。

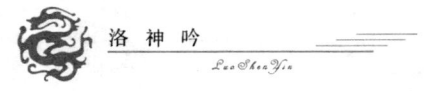
洛 神 吟

浪淘沙

赤土热风吹，
汗雨珠飞，
茵茵架上瓜果肥。
有坎儿①清流汩汩，
烟映斜辉。

身带雪菲菲，
楚楚娇媚，
黄沙深处自曲回。
莫管红尘多少惑，
仙气相随。

注释：

①坎儿：坎儿井。

清平乐①

棚高藤蘠,
串串金珠坠。
蹦跳欲摘尤不遂,
怎解今儿馋嘴。

恰逢伢仔攀玩,
笑问这个可酸。
够取②一枝相与,
回瞄价过三千③。

注释:
①此词作于吐鲁番葡萄沟。
②够取:向上够及。
③回瞄价过三千:警示牌上写着,违规摘一颗葡萄罚款100元。一爪,共计3000多元。

南歌子①

焰日当中照,
危山喷火苗。
鸡蛋细沙烧,
好奇儿欲买,
汗衣浇。

注释:
①此词作于火焰山。

南歌子

恰忆孩提梦,
荒滩尽处瞧。
一女握芭蕉①,
软柔扇热浪,
向吾招。

注释:
　①芭蕉:芭蕉扇。

洛 神 吟
Luo Shen Yin

杂 诗[①]

日暮云稠天渐暗,
微风习习草色寒。
绿浮牛羊万千只,
烟罩九曲十八弯。

敖包勾手默默语,
彩巾抛霄聊狂欢。
花甸丛中留晚照,
待作他日忆流年。

注释:
①此首诗作于巴音布鲁克大草原。

来吧，干杯

来吧，干杯，宾客满堂。
家无珍馐，喷香烤馕。
来吧，干杯，宾客满堂。
香酥手抓①，嚼口涎长。
来吧，干杯，宾客满堂。
牧场鲜草，雪水滋养。
来吧，干杯，宾客满堂。
千盏不醉，奶酒琼浆。

注释：
　　①手抓：手抓羊肉。

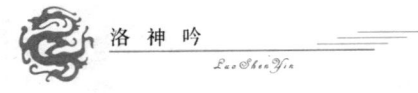

临江仙①

谁落明镜天山嵌,
烟氲草伴霓怜。
撕片云彩弄湖边,
左瞄右看,
真个女儿仙。

头②生主意沙滩卧,
巧拼日月弧圈。
虽愁湿冷损身干,
群情跃跃,
支③翘笑音旋。

注释:
①此词作于赛里木湖。
②头:带队的人。
③支:通肢,即单肢翘起。

洛 神 吟

杂　诗

半月未游半个疆，
日行五百休说长。
朝迎伊犁千层绿，
暮送戈壁万顷粮。

克拉玛依磕头机，
五彩滩旁风车场。
奇变不暇难耐困，
梦中又见左宗棠。

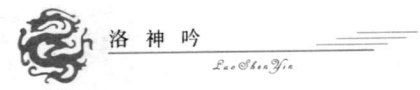
洛 神 吟

杂 诗[①]

寂寞曲径云气袅，
苍黄峰峦嵌墨松。
溪水轻歌门前过，
翠柳细烟秋含空。

素手捧来酥油茶，
薄衣幼女马棚东。
临别盘示奶疙瘩[②]，
零钱入怀靥芙蓉。

注释：
①此首诗作于伊犁河畔。
②奶疙瘩：当地的特产奶食品。

浪淘沙①

结伴上驼山,
秋色连连。
手牵云朵踏青毡②。
若巧腾空出水怪,
乳浪③狂澜。

日暮塔门关,
莫要催还。
红霞疏落景蹁跹。
留恋忘还归不去,
月下佳谈。

注释:
①此词作于喀纳斯湖的驼山。
②青毡:草甸。
③乳浪:浅乳色的水浪。

杂　诗①

素妆凌步去，
徊游月亮湾。
雨起空山静，
烟生碧水潺。

娇面稚气蕴，
彩巾撩风翩。
欲踏仙足印②，
圣泉③湿衣衫。

注释：
　　①此首诗作于喀纳斯的月亮湾。
　　②仙足印：月亮湾的仙脚印景点。
　　③圣泉：月亮湾的一景点。

霜天晓角①

雾霜笼树,
黄叶枯枝露。
人静草闲自喜,
腾空起,
凌云步。

羔苦,
寒地度,
哀怜不知处。
轻抚湿额②乖巧,
嗲声软,
若婴母。

注释:
  ①此词作于新疆禾木镇的言山。时间为清晨。
  ②湿额:被露水打湿的羔羊头额。

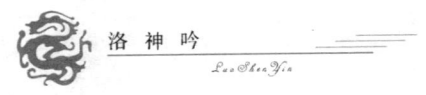

浣溪沙①

落日熔金万里川,
婉约渌水袅青烟,
岸东苍翠岸西滩。

翠点锦屏神态万,
滩泼彩墨势姿千,
瑶池佳境落人间。

注释:
①此词作于布尔津的五彩滩。

忆江南(双调)①

天池秀,
神马毂声空②。
日锁鳞波风袅雾,
山着烟帐雪遮峰。
阿母更雍容。

而今看,
络绎走宾朋。
衣彩斑斓多倩影,
笑声清朗画屏中,
在水照玲珑。

注释:
　　①此词作于新疆天池。
　　②空:空远,空灵。

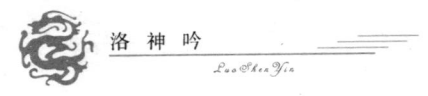

青玉案①

华灯璀璨疏星妒，
塔柱耸，
流光路。
靓女俊男屏上步。
果甜肉嫩，
氤氲香雾，
人在天街住。

厅堂瑰丽光熏沐。
盛宴相邀用情苦。
畅饮欢颜休语不。
笙箫歌起，
赏心乐舞，
已忘何归处。

注释：
①此词作于乌鲁木齐市的国际大巴扎。

杂 诗①

雾漫香炉山外山，
奇峰蒙蒙难真颜。
风凄枯枝满目泪，
雨凌红叶乱冈川。

左手持兜右握钳，
南坡拾碎北拾残。
径幽人寥天已暮，
愁看腌臜②悬崖边③。

注释：
　　①此首诗作于光雾山的香炉山。
　　②腌臜：垃圾。
　　③此诗写环卫工人。

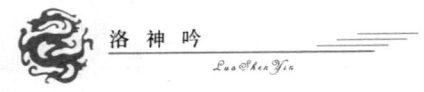

生查子^①

长槽铁烤炉,
日暮村头卧。
架上喷香支,
油跳嗞嗞火。

伢仔巧手翻,
棚下无虚座。
撕拽未挨^②唇,
齿漫馋囊破。

注释:
  ①此词作于四川四姑娘山下。
  ②挨:靠近。

卜算子[①]

寂寞气悠香,
彩帐玄元做。
烟袅纱蒙细雪飘,
红叶拈秋过。

朝对崇山空,
暮看霓霞落。
莫管尘霾闹市喧,
玉殿冰心锁。

注释:
  ①此词作于四川四姑娘山的双桥沟。

洛神吟

点绛唇①

梦里清容,
晶莹雪笼危山处。
遍寻沟谷,
尽是灰石土。

惜念精灵,
乱下②伶仃住。
暑与雾,
红尘纷舞,
孤傲心如故。

注释:
　　①此词作于四川海螺沟冰川。
　　②乱下:杂乱的灰石土下面。

鹧鸪天[1]

独自行阶意兴发,
欲登高处睹烟霞。
雪冰瀑布笼烟霭,
云气仙姬飘雾纱。

红石[2]滟,
寡鸦喳。
宽衣倚杖嗅黄花。
不觉日暮寒风起,
何奈催归闹市家。

注释:
  ①此词作于海螺沟四号营地。
  ②红石:海螺沟的红石滩。

洛神吟

踏莎行①

翠柳扶屋，
轻烟袅下，
蜿蜒车路悬崖挂。
家家楼顶尽包芦②，
黄梨坠坠红榴夸。

树掩鸣鸦，
菊香犬耍。
门旁两媪家常话。
再瞧院落木篱边，
儿童三五搭丫架③。

注释：
　　①此词作于四川甲居藏寨。
　　②包芦：包谷。
　　③搭丫架：一种旧时的农村儿童游戏。

第三章
冬寻

梦中姑娘

梦中姑娘,你在哪里。
行道漫漫,怎无踪迹。
梦中姑娘,你在哪里。
莫言雾霾,清朗琼①地。
梦中姑娘,你在哪里。
北方寒冬,南方春熙。
梦中姑娘,你在哪里。
碧海蓝天,莺歌燕呢。

注释:

①琼:海南省。

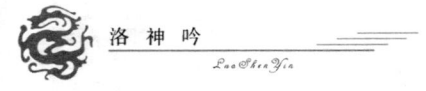

暖日洋洋①

暖日洋洋，湛湛云逸。
且行且乐，着彩裙裳。
暖日洋洋，清风拂拂。
且行且乐，花伞秀囊。
暖日洋洋，野花髻插。
且行且乐，眯嗅椰香。
暖日洋洋，芸芸多姿。
且行且乐，莫我姑娘②。

注释：

①此首诗作于海南省。
②莫我姑娘：没有我找的姑娘。

清水弯弯[1]

清水弯弯，赤足银滩。
弃枷弃锁，心随飞燕。
细浪涟涟，湿我裙边。
无忧无虑，拾贝溅溅。
柔风婉婉，撩我素面。
闭目呼吸，聆听海喃。
云儿闲闲，日光潋潋。
婷婷三姊，笑盈童颜。

注释：

①此词作于海南省清水湾。

洛神吟

眼儿媚①

慵日酣酣笼青烟,
暖透小街怜。
槟榔串坠,
紫荆花色,
过客闲闲。

门前欹坐阿公老,
三尺木烟竿②。
边拈边吮,
氤氲迷目,
犬卧足前。

注释:
①此词作于海南省保亭县。
②木烟竿:自制的竹木烟竿。

诉衷情①

彩蛇入梦动衾帷,
莫是老公归。
青衣银饰未妆,
开脸②婶娘催。

红线绞,
素颜绯,
柳儿眉。
若如良愿,
愁思烟飞,
热酒柔杯。

注释:
　　①此词作于海南省保亭县。
　　②开脸:旧时我国妇女的一种美容方法。

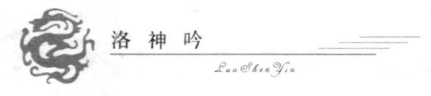

参差温泉[①]

参差温泉,樛木根出[②]。
涓涓流淌,无朝无暮。
清清温泉,树叶葱茏。
空气新润,蒙蒙细雾。
滢滢温泉,溪流淙淙。
日过叶隙,片片光弧。
执子之手,溅水融融。
相映笑脸,鸟旋天空。

注释:
①此首诗作于七仙岭瑶池温泉。
②根出:树的根部流出。

喈喈画眉

喈喈画眉，巢于檐下。
窈窕淑女，何方仙葩。
喈喈画眉，巢于檐下。
远近从之①，鬓生华发。
喈喈画眉，巢于檐下。
幽幽佳梦，青山雾纱。
喈喈画眉，巢于檐下。
寤寐反侧，天放霓霞。

注释：

①从之：寻找。

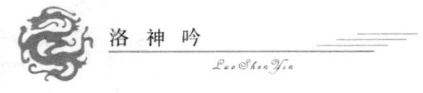

洛 神 吟

杂 诗①

早起心情好，
汲井濯木缸。
伛婆开水沸，
偻公剁薪忙。

宰匠磨刀劐，
儿撵鸡上墙。
邀亲戚四邻，
念归共刨汤。

注释：

①此首诗作于陕西省紫阳县。吃刨汤是当地的一种习俗，即过年杀猪时，邀请亲戚朋友一起吃肉喝酒，以此庆祝今年的圆满，祈祷明年的好运。

洛 神 吟

祝英台近①

挽柔情,
揣爱意,
喑默絮花舞。
百里城郭,
温润也肃穆。
辽眸对岸重山,
云遮雾绕,
隐约见,
素英千树。

近亭处,
童儿欢笑追逐,
雪球相飞渡。
红帽佳人,
溪旁盈盈步。
叹自个体单薄,
悄铺紫垫②,

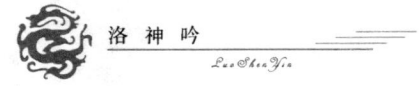

洛神吟

　　　　岁月逝,
　　　　瑜伽别误。

注释:
　　①此词作于陕西省紫阳县某地。
　　②紫垫:紫色的瑜伽垫。

蝶恋花①

窗外枯枝生细露,
孤月星疏,
风浸香肌骨。
野径迢迢眉黛蹙,
关门又恐喑②归步。

续旺火炉汤药煮,
轻喂公婆,
擦洗添衣裤。
婴面润肤弥勒目③,
殷勤待盼红烛度。

注释:
　　①此词作于陕西省紫阳县。
　　②喑:哑,这里指听不到。
　　③婴面润肤弥勒目:形容瘫痪的公婆。

着裙洗手

着裙洗手,去我厨房。
振振夫君,家中重梁。
着裙洗手,择芹切姜。
肃肃夫君,笃谨职场。
着裙洗手,锅盆叮当。
仁孝夫君,敬爹怜①娘。
着裙洗手,盛饭端汤。
快乐夫君,众慕儿郎。

注释:

①怜:爱。

调笑令①

筛满,
筛满。
莫怕泥壶矮浅。
开坛米酒火煨,
今宵共个醉杯。
杯醉,
杯醉,
逗坏姑兄嫂妹。

注释:
①此词作于陕西省紫阳县某地,大年夜。

第四章

春寻

卜算子

身在邑隅中，
寄傲云霄外。
春惹蝶怜俏艳开，
悠自抛芳霭。

络绎毂户疾，
断续足音①快。
哪个能和我一同，
醉卧花枝拽。

注释：

①足音：人行走的脚步声。

江水泛泛

江水泛泛,李花妍妍。
春愁抽芽,柳眉莫展。
江水泛泛,李花颤颤。
我思远游,未有良伴。
江水泛泛,李花坠坠。
虽意独行,仍虚①难眠。
江水泛泛,李花片片。
悠悠我思,护我年年。

注释:
①虚:心里不踏实。

内蒙羔羊

客来北方,赠予豆黄①。
沸水冲之,闻之香香。
客来北方,赠予豆黄。
木勺搅之,尝口难忘。
豆黄豆黄,桃仁悬中。
芝麻浮上,泊油黄黄。
惜之爱之,哪能独享。
家有娘亲,久病在床。

注释:

①豆黄:特制的豆黄粉。

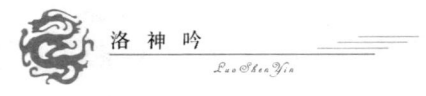

小重山①

云掩山腰树两分,
崖深溪水练,
雾氤氲。
寒食欲近访烟村。
阡陌绕,
迢递草莘莘。

徊步古槐荫,
恰闻天籁曲,
更无人。
问声②焕古③哪边寻?
春漾漾,
背篓露芽④新。

注释:
　　①此词作于陕西省紫阳县。
　　②问声:向声音传来的方向问道。
　　③焕古:古代产贡茶的地方。
　　④露芽:沾带露水的茶芽。

浣溪沙①

祭祖踏青访舅家,
烟缭碧树嫩毛芽②,
偏锅③炉火舞竹叉④。

绿裹矜持无个比,
韵藏娇媚百仙夸,
齿香三日一喔呷。

注释:
①此词作于陕西省紫阳县某地。
②毛芽:带绒毛的茶芽。
③偏锅:炒茶用的斜立着的锅。
④竹叉:翻炒茶叶的竹制叉子。

谒金门①

香风细,
吹醒漫山轻碧。
芽口欣欣辉映已,
露悬千叶底。

谁造木楼这里,
苔藓茵茵生砌。
曲陌走来一少女,
素颜筐带绪。

注释:
①此词作于陕西省紫阳某地。

临江仙①

微雨清风烟罩，
巷深竹酒缭香。
梅枝三两怯出墙。
浅羞春意透，
娇面露莹妆。

藓衬石青如镜，
滴答檐水悠长。
恍然犹见那姑娘。
零丁芳霭逸，
幽怨挽彷徨。

注释：
①此词作于安徽省西递村。

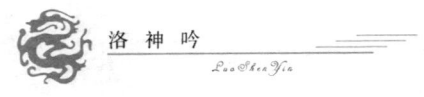

西江月①

云起阴阴春浅,
烟生细细柔波。
水中倒影墨勾摹,
静看东西人过。

入暮枯荷零落,
扶风疏雨婆娑。
低眉悄等鹤蛙歌,
待夏成泥滋萼。

注释：
①此词作于安徽省宏村。

南乡子①

冷雨卷风疾,
白雾茫茫峭壁梯。
千转不识归去路。
眸眸,
十步连天百岭低。

苍翠劲松奇,
透亮珠珠倒挂迷。
叹骇忘瞄足下坎。
屉虚②,
倚杖扶藤莫误期。

注释:
　①此词作于黄山。
　②屉虚:脚踩空了而受伤。

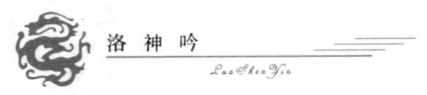

忆江南（双调）①

思晓起，
团雾煮新茶。
黛瓦灰楼羞露面，
古樟垂柳暗香撒。
蝶戏坎边花。

闲信步，
桥下两萌鸭。
烟妒小溪情浣女，
霓怜娇媚意芳华。
且落哪人家？

注释：
　　①此词作于江西省晓起村。

南歌子①

鹊闹春风浅,
人欢渌水歌。
娇儿衿重踩粼波。
独倚修竹无语,
数漩涡。

日暮长廊静,
归巢对燕歌。
曲曲烟岸树婆娑。
墩下小姑洗菜,
犬扑蛾。

注释:
①此词作于江西省婺源县彩虹桥。

忆少年[1]

淙淙溪水,
摇摇艳朵,
斜阳撩暮。
香飘小桥醉,
客行空灵处。

几次魂牵约梦度,
那聊斋,
巷深幽圊,
青烟古宅笼,
了仙妖情愫。

注释:
　　[1]此词作于江西省婺源县的思溪延村。思溪延村是1987版《聊斋》的拍摄地。

少年游①

奇峰千仞雾云蒙,
幽谷峭崖松。
杜鹃花孕②,
水滴岩隙,
绝壁走盘龙③。

仙阁未锁春萌动,
驭蟒④此山中。
眺望人间,
蹙眉愁叹,
噙泪等郎逢。

注释:
　　①此词作于江西省三清山。
　　②花孕:初生的花蕾。
　　③盘龙:绝壁栈道。
　　④蟒:蟒蛇出山,是三清山一景。

踏莎行[1]

夜雨空蒙,
疏灯幽暗,
芸芸仙子[2]悄争艳。
风儿拂过萼儿摇,
清香撩落花千瓣。

怯拽枝裙,
羞出笑脸,
千姿百态情丝乱。
欲拍合照了相思,
又愁惊了楼中燕[3]。

注释:
　　①此词作于武汉大学。
　　②芸芸仙子:指众多樱花。
　　③楼中燕:指校园宿舍楼中的学子。

留春令①

旧城春夜,
籁音笙鼓,
画屏江②畔。
淼浪扶千影无极,
故人遇,
巾湿眼。

莫道鬓白仍途远,
傣寨先杯满。
牵手欢歌舞轻狂,
水水水③,
三更半。

注释:

①此词作于西双版纳。
②江:澜沧江。
③水水水:傣语,读第四声;意思为干杯,干杯,再干杯。

浣溪沙①

莫道真的入九垓②,
白烟袅袅谷③如筛,
空蒙翠绿小花开。

鸡蛋系绳崖井泉④,
木瓢舀水趣言猜,
姐儿好备二三胎。

注释：
　　①此词作于腾冲热海。
　　②九垓：天上。
　　③谷：山谷。
　　④泉：指众多温泉中的怀胎泉泉水。

深夜寂寂

深夜寂寂,凉风习习。
寻兮觅兮,千年之旅。
纱帘树影,摇摇逸逸。
孤灯薄衾,愁撩心绪。
星河滴翠,露湿虫羽。
朦朦胧胧,身披霞霓。

南歌子①

佩带②云轻舞,
青驹③载我来。
嫦娥舒袖昊天开。
天籁七弦琴④袅袅悠徊。

注释:
  ①此作写梦境。
  ②佩带:当年男主人公送与洛神的定情之物。
  ③青驹:当年男主人公所骑的青马。
  ④七弦琴:洛神所弹之琴。

荷塘林深

荷塘林深，初芽贲贲①。
有位佳人，独坐水滨。
荷塘林深，翠叶欣欣。
酥风缭撩，白衣绿裙。
荷塘林深，露珠盈盈。
星光疏落，娇面氤氲。
荷塘林深，虫哑蛙瞠。
蹙眉菡萏，清水纹纹。

注释：

①贲贲：状如柳宿形；柳宿，是一星宿，状如鸟嘴，柳叶形。

墙有枫藤[①]

墙有枫藤,春风吹兮,嫩芽萌萌,淡淡黄绿。
墙有枫藤,南风吹兮,青翠葳蕤,碎花迷迷。
墙有枫藤,秋风吹兮,红叶灿灿,根须入隙。
墙有枫藤,北风吹兮,藤蔓如织,相思絮絮。

注释:

①枫藤:指爬山虎,葡萄科植物。

后　记

　　二零一六年初春，我有幸与好友相约，出游赏景。行至洛河之滨，见流水清清，惠风习习，果花殷殷，芳香四溢，莺鸣柳翠，蜂飞蝶舞，不禁心旷神怡。美哉！此乃人间仙境。难道这就是曹植先生笔下的《洛神赋》中的洛河之地吗？

　　我仿佛看见一位翩若惊鸿，婉若游龙，凌步微波，含辞未吐，气若幽兰的女子从飘忽的云雾中翩然走来，美不胜收。不知怎地，忽觉灵感之门顿开。字、句涓涓之流在腹内涌动。

　　后来，我又游历了祖国的许多山川河流，名胜风景。洛神总在我面前忽隐忽现，想看清却模糊，想走近又渺远。让我牵挂，让我思念，让我寻觅。

　　回来后，我便筹谋着动笔，希望能让这位美丽的女子用一种新的韵姿再次展现在大家面前，让她的故事穿越时空与现代社会的人文景观惜惜相

融，借才子那子建（转世的曹植）带着他的千年相思在无限的空间和时间中去寻觅那份美好。

可是，用什么方式写呢？阳春白雪的洛神，美丽别致的景色，悲惋缠绵的爱情，用典雅的宋词方式写自然是再合适不过了。

经过将近一年的努力，它像一个经过十月怀胎，艰难分娩，呱呱坠地的婴儿，终于健康可爱地来到了这个世界。虽然尽了全力，倾注了几乎所有的感情，但由于功底浅薄，必定瑕疵甚多。有朋友说它是一个词说故事，也有朋友说它是一本游记，都算是吧。

既已成书，还是把它奉献给大家，但愿有那么几个人感兴趣，我也就心满意足了。

本书所采用的词谱绝大多数是钦定词谱，极少数是龙榆生的词谱。全部采用中华新韵。检测工具来自诗词吾爱网。

作者

二零一七年十一月